당신도 참 행복했으면 좋겠습니다

당신도 참 행복했으면 좋겠습니다

펴낸날 초판 1쇄 2024년 6월 10일

지은이 홍유경
펴낸이 서용순
펴낸곳 이지출판

출판등록 1997년 9월 10일
등록번호 제300-2005-156호
주소 03131 서울시 종로구 율곡로6길 36 월드오피스텔 903호
대표전화 02-743-7661   **팩스** 02-743-7621
이메일 easy7661@naver.com
인쇄 ICAN
물류 (주)비앤북스

값 15,000원

ISBN 979-11-5555-216-2 03810

홍유경 시집

당신도
참 행복했으면
좋겠습니다

이지출판

'시를 참 잘 적는다!'
추천의 글을 적기 위해 보내 온 시를 읽으면서 이런 생각이 먼저 들었다.

홍유경 시인이 처음 감성시를 쓰기 시작했을 때 어떻게 적어야 할지 모르겠다며 난감해한 적이 있었다. 하지만 막상 시를 적고 보면 함께 공부하는 사람들이 부러워할 정도로 읽을 맛이 느껴지는 글이 탄생되곤 했다. 이런 글이 한두 번에 그치는 것이 아니라 시집을 발간하는 지금까지 이어지고 있으니, 잘 따라와 주셔서 고맙다는 말씀을 드린다.

시는 시인이 쓴다. 하지만 그 시를 읽는 사람들, 나를 비롯한 독자들은 시를 읽으면서 소비된 시간에 대한 보상을 '감동'으로 받고 싶어 한다. 그런 면에서 홍유경 시인의 시는 성공했다고 본다.

시에 대한 이야기를 시작했으니 한 가지 더 얘기하고 싶은 게 있다. 시인의 시 속에는 사랑이 담겨 있고, 그 사랑은 가족에 대한 사랑, 특히 남편에 대한 사랑으로 이어진 글이 많다.

이렇게 사랑을 맛있는 시로 적은 시집은 감성시를 쓰는 사람이라면 한 번 읽어볼 필요가 있다. 읽고 나서 '아하! 시상(詩想)은 이렇게 잡는구나!' 하고 무릎을 칠 게 분명하다. 다시 한 번 멋진 시집 발간을 축하드리며, 앞으로도 이 시집에 담겨 있는 시처럼 감동을 주는 시를 많이 적어 주실 것을 부탁드린다.

그리고 이 멋진 시인을 발굴하여 시를 적을 수 있게 도와 주신 한국강사교육진흥원 김순복 원장님께 감사드리며, 앞으로 홍유경 시인이 우리나라 최고의 감성시인이 될 수 있도록 도와드릴 것을 약속드린다.

커피시인 **윤보영**

시인의 말

연애 시절 남편과 함께 바닷가에서 기타 치며 노래 부르던 추억이 떠오릅니다. 그와 결혼해서 사랑스런 아들을 낳고 평범한 일상을 지내며 살았습니다.

그런데 불행이란 생각지도 못한 때 찾아온다지요?

어느 날 청천벽력 같은 일이 일어났습니다. 사랑하는 남편이 갑자기 제 곁을 떠나간 것입니다. 드라마에서나 일어나는 일이 나에게 일어났다는 게 믿어지지 않았습니다.

옆에 있을 때 잘 못해 줬던 일들만 생각나 더 슬펐습니다. 그리고 혼자인 내가 느끼는 상실감, 정서적 불안은 너무 견디기 힘든 일이었습니다.

아무리 바쁘게 지내며 잊으려 해도 남편 생각이 떠나지 않았습니다. 보고 싶은 마음, 그리운 마음, 사랑하는 마음을 글로 써서 부치지 못한 편지가 한가득입니다.

지인의 추천으로 한국강사교육진흥원에서 진행하는 '윤보영시인학교'에서 감성시를 쓰게 되었습니다.

매일 쓴 메모가 시가 되어 나에게 말을 건네기 시작했습니다. 외롭고 슬픈 마음을 어루만져 주고, 토닥토닥 위로해 주었습니다.

시를 쓰며 못다 한 사랑을 고백하고, 그리움을 전하고, 감사한 마음, 애틋한 마음을 전할 수 있어 행복했습니다. 감성시를 쓰며 내 소소한 일상이 행복으로 채워져 사랑이 가득한 나날을 보낼 수 있었습니다. 앞으로 많은 사람들의 마음을 위로하고, 공감할 수 있는 시를 쓰고 싶습니다

시를 쓰는 저를 지지하고 늘 응원해 주신 윤보영 시인님, 사랑하는 가족과 저를 아는 모든 분들과 함께 첫 시집 출간의 기쁨을 나누고 싶습니다.

정성껏 출판해 주신 이지출판사에도 감사드립니다

이 시집을 손에 들고 있는 여러분의 일상에 사랑이 피어나 모두가 참 행복했으면 좋겠습니다!

2024년 봄, 홍유경

차례

제1부 여전히 꽃잎은 흩날리고

제2부 그대와 함께 가는 이 길

제3부 웃음꽃이 피어나는 기억

제4부 내 안의 또 다른 내가

제5부 그대 그리움을 연주하며

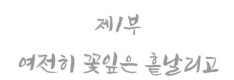

제1부
여전히 꽃잎은 흩날리고

입춘

흐리고 스산한 날이다
쓸쓸함이 쏟아져 내린다

너 비록
혼자 있더라도
슬퍼하지 마라!

따뜻한 햇살과
살랑대는 바람이
새싹을 데리고
봄에 담겨 오는데
그대처럼 웃으며 오는데.

봄·봄·봄

분홍 꽃에
따뜻한 햇살 담기고
유채꽃과 개나리가
노랗게 물들고
새싹이
돋아나는 봄!

봄 냄새가
내 코를
내 눈을
내 마음을 깨운다

이제
그대가 올 것 같아
얼굴이며 가슴에
꽃을 피운다.

봄이 오나 봄

따뜻한 햇살
살랑이는 바람이
산과 들에
봄꽃으로 옷을 입힌다

나처럼
그대 만나던 날
내 모습처럼.

벚꽃길

톡톡 펑펑
여기저기 벚나무에서
팝콘이 터지더니

아침 출근길
초록 봉오리들이
무슨 일이 있었나

연분홍 팝콘을
한꺼번에 터트리며
완연한 봄을 알린다

보기만 해도 좋다
걷기만 해도 좋다
그냥 좋다
덩달아
내 마음도 활짝 꽃을 피운다

이제 그대를 만나
꽃을 함께
보았으면 좋겠다.

봄비

봄비가 내린다
휘날리는 벚꽃잎 따라
그대 생각이 날린다

조금 더 오래
당신 곁에 머물고 싶은데
그만 그리워하라며
봄비가 내린다

꽃잎 지듯
그리움 다 지기 전에
벗나무를 내 안에 옮겼다

여전히 꽃잎이 날리고
여전히 그대가 그립고.

민들레

민들레 씨앗
후~ 후~
불었더니
그대에게 날아가겠답니다

사랑한다고
행복하라고
내 마음 전하겠다며
민들레가
글쎄,
민들레가.

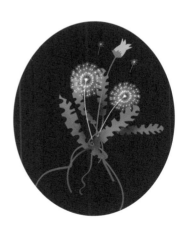

길

봄바람이 분다
그대 생각하며
걸어가야겠다

지금처럼
봄볕 속으로
꽃향기 불러내
그대 만나러 가는 길은
늘 행복하다

오늘은
그대를 만난 것처럼
웃음까지 나온다.

연못

산길에 있는
조그마한 연못에
개구리와 올챙이가 산다
연꽃이 핀다

연못처럼
내 안에 그리움을 만들고
너와 내가 산다
웃으며 산다

그래서일까?
연못은 늘
그립다.

봄이구나

튤립, 수선화, 벚꽃이
활짝 핀 걸 보니
봄이다

꽃을 보며
꽁꽁 얼었던 내 마음속
사랑도 따라 핀다

늘 그리운
그대 대신
꽃은 피었지만
그대를 만났으면 더 좋겠다.

라일락

초여름
옆집 담에 라일락이
한가득 피었다

그 집 앞을 지날 때
행여나 마주칠까?
천천히 걷곤 했는데

보고 싶은 그 사람은
보지 못하고
라일락 향기만
흠뻑 맡고 돌아왔다

라일락 향이
잊고 지낸
짝사랑을 불러냈다

그대는 지금
어디서 살까?
잘 살고 있겠지!

짝사랑

당신만 보면
내 심장이
달리기를 했지요

눈도 못 마주치고
귀까지 빨개지고
말을 못 했지요

그저
그대가 보고 싶어
주위를 맴돌기만 했지요

그냥 당신을 보는 게 좋았고
옆에 있는 게 좋아서
당신에게 가는 길은
늘 행복했지요

그 길
내 안에 있지요
다시 걸을 때마다 느끼지만
참 아름답지요.

흐르는 물처럼

흐르는 물처럼
살고 싶다

슬픔과 불행을
다 흘려보내고
기쁨과 행복이
굽이굽이 돌고 돌아
내게로 흐르게

흐르는 물처럼
그대와 함께
일상 속에서
사랑으로 살고 싶다.

나무

나무는
언제나 그 자리를
지키고 서 있다

슬플 때 달려가도
기대고 싶을 때 찾아가도
아무 말 없이
그저 그곳에서 등을 내민다
나를 맞아준다

나도 당신이
힘들고 지칠 때
위로해 줄 수 있는
당신의 나무가 되고 싶다.

사랑

사랑한다는 것은
사랑하는 사람과
내일 무엇을 할지
미리 생각하는 것이다

듬성듬성 비어 있는 마음이
그대 생각으로 채워지고
어떤 일이 일어나도
이겨 낼 수 있는 힘!

그 힘을 가진
그대와 만나
사랑하고 싶다.

마스크

마스크 없이
밖으로 나갈 수 없었던
날들

말하기도
숨쉬기도
얼굴을 알아보기도
어렵게 만들던 마스크

오늘도
형형색색 마스크들이
거리를 누빈다

그래도 다행인 게
그대와 나
그리움에는
마스크가 필요 없다.

장미

거리를 지나다가
장미꽃을 샀다
화려한 색과 향기가
돋보이는 꽃

좋은 날, 좋은 자리를
더욱 빛나게 해 주는
장미꽃

내 안의 그대에게
사랑한다고
좋아한다고
장미꽃 한 다발
받고 싶다.

바람

청보리가
익어가는 계절
시원한 바람이 분다

바람 따라
청보리와 들풀이
잎을 흔든다

바람이 보리밭에
그림을 그린다
내 마음에도
아름다운 사랑을
그려 넣는다

바람이 분다
사랑이 분다.

일방통행

짝사랑은 오직
나 혼자 행복하고
나 혼자 설레는
일방통행로다

다른 사람에게
허락하지 않고
누구에게도
들키지 않는 길!

당신이 보고 싶을 때
그대에게 가는 길
내 안으로 일방통행
이 길을 간다.

꽃밭에서

꽃밭에 앉아
클로버꽃으로
화관을 만들어 쓴다

갑자기
그대가 나타나
고백이라도 한 듯
수줍은 미소가
얼굴에 번진다

당신의 고백은
생각조차
늘 나를 설레게 한다.

나팔꽃

나팔꽃이 피었다

내가 꽃이 되고
연주가 시작된다

내 안의 당신!
당신이 관객이다

꽃 앞에서
내가 당신이고 싶을 만큼
그대가 보고 싶다.

새가 되면

당신이
보고 싶은데
너무 멀어
볼 수 없네요

어디든
자유롭게
날아갈 수 있는 새가
부럽기만 하네요

새가 되면
당신을
만날 수 있을 것 같아

마음은 벌써
새가 되어
당신 곁으로 날아가는 중입니다.

엄마 1

힘들거나 아플 때
엄마가 생각난다

찾아갈 때마다
따뜻한 밥 지어 주고
편안히 쉴 수 있게 해 주는
나만의 둥지 엄마!

매일
가족 위해 기도하고
늘 그 자리에서
조건 없이 품어 주는 엄마!

나도 엄마지만
엄마인 나에게
엄마가 필요하다

언제든지 찾아갈 수 있는
엄마가 있어서 행복하다
늘 행복하고 싶다.

엄마 2

내가 집에 가면
엄마는 따뜻한 밥을 준비합니다
괜찮다고 해도
직접 상을 차립니다

같이 먹지 않고
먹는 모습만 봐도
배부르다 하십니다

그 마음
이제 알겠습니다

맛있게 먹는
모습만으로도
배가 부르다는 말!

엄마처럼
엄마 위치에서
아이들을 바라보니 알겠습니다.

가방

가는 곳마다
따라다니는
가방!

그래
나에게는
든든한 '빽'이 있다.

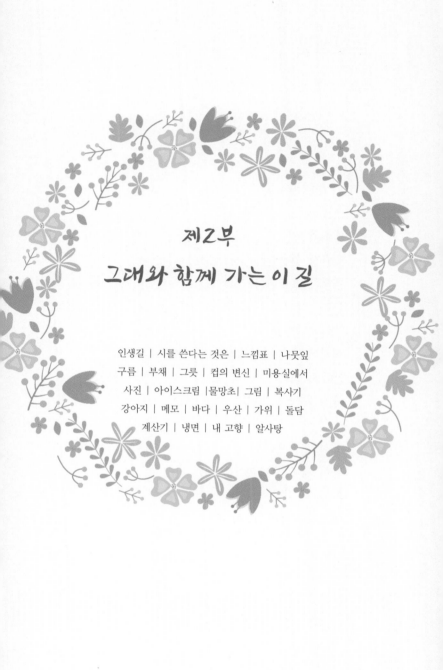

제2부
그대와 함께 가는 이 길

인생길

살다 보면
여러 갈래 길이 나온다

어디로 가야 할까?

인생은
정해진 길을 가는 게 아니라
선택한 길로 가는 것

당신과 함께
나의 선택을 정답으로
만들어 가며
멋지게 살고 싶다

당신과 함께라면
못할 게 없으니까
지금 이 길을
행복으로 만들고 싶다.

시를 쓴다는 것은

내 안을
자세히
들여다보고

내가 나를 만나
위로하고 있는 것을
알았습니다

지금 이 순간은
나를 위한
힐링의 시간입니다.

느낌표

종이에
보고 싶은가요?
사랑하나요?

당신에게
물음표를 보냈습니다

당신을 만나서
행복했다!
사랑한다!

종이에
느낌표가 가득 담긴
답장을 받았습니다

그때 그 시절,
나는
세상에서 가장 행복한
그대의 연인입니다.

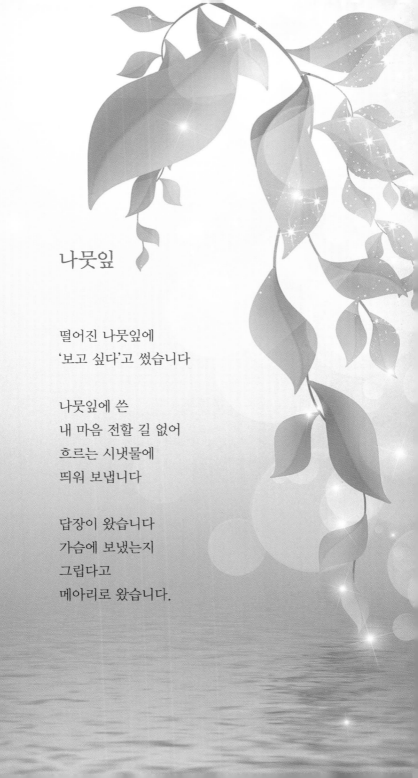

나뭇잎

떨어진 나뭇잎에
'보고 싶다'고 썼습니다

나뭇잎에 쓴
내 마음 전할 길 없어
흐르는 시냇물에
띄워 보냅니다

답장이 왔습니다
가슴에 보냈는지
그립다고
메아리로 왔습니다.

구름

어제는
뭉게구름이
양떼를 몰고 와 놀더니

오늘은
먹구름이 몰려와
비를 뿌린다

내일은
그리운 그대를
데리고 왔으면 좋겠다.

부채

더운 날씨
에어컨 없이는
견디기 힘들어요

내뿜는 바람이
마음까지 차갑게
식혀 주네요

당신 사랑하는 마음도
식을까 봐
에어컨을 끕니다
부채를 부칩니다

살랑이는 바람이
그리운 당신에게
불었으면 좋겠습니다.

그릇

흙으로 그릇을
빚으려 했는데
보고 싶은 당신 얼굴을
빚고 말았습니다

그릇에
맛있는 음식을
담으려 했는데
그리운 당신 생각만
가득 담고 말았습니다

그릇을 빚는다는 핑계로
당신 생각
배부르게 했습니다.

컵의 변신

컵은
요술쟁이!

갈증 날 때
물을 담고
피곤할 때
커피를 담는다

놀이동산에서 먹었던
솜사탕도 담아 준다

그대 그리운 오늘은
당신 사랑을
가득 담아 주면 좋겠다.

미용실에서

거울 속의
나

삶의 무게에
지친 모습
싹둑 잘라내고

뽀글뽀글
슬픔을 만다
윙 윙
아픔도 만다

나는 다시
귀여운 여인으로 태어난다.

사진

사진 속 당신
웃고 있는 모습이
행복해 보입니다

어느새
그날의 추억 속으로
빠져듭니다

사진이 없었다면
기억하지 못하겠죠

지금 내 앞에
당신은 없지만
그래도 다행인 게
당신과 함께 찍은
사진이 많아

매일 추억 속으로
여행을 떠납니다
당신을 만납니다.

아이스크림

아이스크림 한 입으로
더위에 지친
몸을 녹인다

그러다
우연히 꺼낸 당신 생각이
남아 있는 더위를 녹인다

곧
더운 줄도 모른다.

물망초

나를 잊지 말아요
당신이 보고 싶어
물망초로 피었습니다

연못가 푸른 꽃잎이
당신 덕분에 행복했다고
속삭입니다

그대를
못 잊는
나를 잊지 말아요.

그림

생각이나 마음을
글이나 말로만
전할 수 있는 게 아닙니다

캔버스 위에 그려진
그림을 보며
느낌으로 소통할 수 있습니다

오늘은
편지 대신 그림을 그려
당신이 잘 보이는 곳에
걸어 둡니다
내 마음을 전합니다.

복사기

당신을 얼마나
사랑하는지
말로 다 표현 못 해서

복사기에
내 마음을 여러 장
복사해서 보냅니다

당신을 사랑하는
지금 마음
보이죠?

강아지

"엄마!
우리도 강아지 키워요."
"안 돼!"
"엄마 제발!"

강아지를 데려왔다
나보다
엄마가 더 잘 돌본다

엄마의 관심이
온통 강아지에게 있어
갑자기 시샘이 나다가도

강아지를 돌보며
웃는 모습에
행복을 느낀다

우리 지금처럼
웃으며
행복하게 살아요.

메모

당신이
보고 싶을 때

하고 싶은 말이
생각날 때

잊지 않으려
메모합니다

적힌 메모가
바쁜 일상에
위로가 됩니다

그 안의 당신은
나를 행복하게 합니다.

바다

옥빛 바다를 보다가
행복하여
박수가 절로 나오고

석양이 물든 바다를 보다가
황홀하여
탄성이 절로 나왔습니다

지금
바다는 파도가 치고
내 마음엔
하얀 물보라가 입니다

그리움처럼
웃으며
웃으며
일어났다 사라지기를
반복합니다.

우산

당신과 함께
우산을 쓰고 걸을 때면

좁은 공간에
당신의 온기가
더 포근하게 다가옵니다

비는
비대로 좋고
당신은
당신대로 좋고.

가위

가위로
내가 원하는 모양을
자르기도 하고
필요 없는 것을
잘라내기도 합니다

복잡한 마음을 잘라내고
당신 향한 마음만 오려
가슴에 붙입니다

사랑합니다!

돌담

차곡차곡
돌을 쌓아
돌담을 만들었어요

그 돌담을
보금자리 삼아
콩, 보리, 깨가 자랍니다

내 마음에도
당신 생각 차곡차곡 쌓아
사랑을 키웁니다
행복이 자랍니다.

계산기

계산기로
연산 문제를 누르면
답을 바로 알려 줍니다

오늘은
계산기에
보고 싶은 마음을 눌렀더니
계속 로딩중입니다

그대 사랑하는 마음은
계산기가
프로그램 검색조차
어렵나 봅니다.

냉면

무더운 여름
몸도 지치고
식욕도 없다

살얼음 동동 띄운
냉면 한 그릇
후루룩 먹는다

당신과 함께
먹었던 그 맛!

갑자기
당신을 만난 듯
기분이 좋다

당신
잘 지내는 거지?

내 고향

한라산과 바다
올레길과 귤이
유명한 섬
내 고향 제주도!

제주 사투리는
외국어인 듯
소통이 어렵지만
쓸수록 정감이 깊다

한 번도
안 와 본 사람은 있어도
한 번만 와 본 사람은 없는
그래서 더
사랑받는 제주!

고향이 좋다
제주가 좋다

손심엉 혼저옵서예!

* 손심엉 : '손잡고'라는 제주 방언
* 혼저옵서예 : '어서 오세요', '빨리 오세요'라는 제주 방언

알사탕

동그랗고
알록달록한

애인도 아니면서
달콤하고
행복을 주는

조그마한
너!

제3부
웃음꽃이 피어나는 기억

줄자

줄자로
허리둘레를 쟀습니다
늘어났습니다

다이어트
해야겠네요

당신 사랑하는 마음은
다이어트가 필요 없습니다

계속계속
늘어나야 하니까요.

비 갠 하늘

비 오다 갠 하늘
바다처럼 넓다
하얀 구름이
파도처럼 흐른다

내 마음에도
당신 생각이 출렁인다

당신과 서핑하며
파도를 탄다
그리움을 즐긴다.

옥수수

텃밭에 옥수수를 심었습니다
내린 비에 쑥쑥 자랐지요
며칠 밤이 지났습니다
수염이 덥수룩해졌습니다

반가운 마음에
껍질을 벗깁니다
알맹이가 꽉 찼습니다

당신 사랑하는 마음도
내 안에 심어
옥수수알처럼
가득 채워야겠습니다.

컴퓨터

아침부터
컴퓨터 모니터를
보고 또 봅니다

애인도 아닌데
하루종일
바라보고 있습니다

저녁에는
컴퓨터를 끄고
당신 얼굴 실컷 봐야겠습니다

생각만으로도
미소가 지어집니다
이런 게 사랑인가 봅니다.

여행 1

여행 갈 때
필요한 것을
캐리어에
담고 있습니다

설레임, 기대감, 호기심이
가득한 캐리어를 끌고
출발하는 이 순간
행복을 느낍니다

돌아올 때
캐리어에
당신 사랑하는 마음
가득 담고 올 것을 생각하니
벌써부터 설렙니다

이게
당신과 주고받는 행복
선물 아닐까요?

여행 2

사랑처럼
떠나면
그립고

사랑과 달리
돌아오면
다시 떠나고 싶은

머피의 법칙!

소나기

속상한 일이 있는 것처럼
하늘에 먹구름이 가득합니다

갑자기
비를 뿌립니다

무더운 날씨
소나기에
나무와 꽃이 싱그럽습니다

비를 보는
내 마음이 씻어진 듯
촉촉해집니다

사랑이 싹틉니다
행복이 자랍니다.

어깨

힘들고 지칠 때
당신 어깨에
기대곤 했습니다

아무 말 없이
기대고 있으면
바다도 아닌데
넓고 편안했습니다

어느새
근심 걱정 사라지고
스르르 눈이 감깁니다

당신도 가끔은
내 어깨에 기대세요

그 생각에
나무 한 그루 심었습니다
당신이 기댈 수 있는 나를
나무로 심었습니다.

그대 미소

뭉게구름처럼
포근한

애인처럼
달콤한.

동그라미

비눗방울을 불었습니다
수많은 동그라미가
쏟아져 나옵니다

나타났다
금방 사라지는
무지갯빛 동그라미들!

당신에게
하고 싶은 말을
크고 작은 동그라미 속에
넣어 보냅니다

사랑합니다!

선물

누구나
선물을 받으면
행복합니다

선물에는
고마운 생각이
사랑하는 마음과 함께
담겨 있습니다

나는 매일
당신과 함께할 수 있는
오늘이라는 선물!

가격을 매길 수 없는
과분한 선물을 받고 있습니다

감사합니다!
행복합니다!

추억

살다 보면
즐겁고 행복한 시간은
순식간에 지나가 버리고

힘들고 어려운 일은
가까운 곳에
늘 머물고 있습니다

짧지만 행복했던 기억으로
어렵고 힘든 일을 이겨내며

오늘도 당신과 함께했던
행복한 추억을 꺼내
하루를 살아냅니다

내 가슴에
그대라는 꽃이 핍니다.

상처

살면서
사랑한다는 이유로
상처를 줄 때가 있고

또 가끔은
너를 위한다는 이유로
상처를 받을 때도 있습니다

하지만
나무에 새겨진 상처가
그 나무의 독특함이 될 수 있듯
나에게
상처가 있어도
저는 걱정 없습니다

언제나 내 편 되어 주는
당신이라는
만능 연고가 있으니까요.

항아리

된장을 담아
항아리에 보관합니다

항아리는
온도와 습도를 조절하며
된장을 숙성시킵니다

당신 사랑하는 마음
항아리에 넣고
숙성시켜야겠습니다

더
진하고
구수해진 그 맛!

당신에게
선물하고 싶어서.

달팽이 1

달팽이는
자기 집을 가지고
태어납니다

금수저로 태어난
달팽이가
부럽기도 하지만

당신과 함께
행복한 보금자리를
만든 지금이

살면서 마련하고
죽는 날까지 사용할
금수저입니다.

달팽이 2

느리다고
걱정하지 마

네 사랑처럼
아주 느리게
갈 길 가고 있으니까.

주파수

매일 만나는 사람들
똑같은 일상
그 속에서 항상
주파수를 맞춥니다

가끔은
피지직피지직
주파수가 맞지 않아
오해를 사기도 하지만

당신을 만나는 순간은
스파크가 번쩍번쩍
내 마음에
행복의 전율이 퍼집니다

당신 웃는 얼굴이 보입니다.

자전거

커플 자전거를 타고
달립니다

바람을 가르며 달립니다
시원하고 기분이 좋습니다

당신의 속도에 맞춰
페달을 돌리니
무서울 게 없습니다

앞에서 끌어주는
당신 뒷모습이 듬직합니다

사랑이 달립니다
행복이 함께 타고 달립니다.

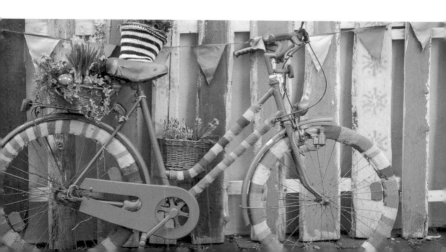

화분

화분에
다육이를 심었습니다

햇빛이 잘 드는
창가에 놓았습니다

사랑으로 보살피니
무럭무럭 자랍니다

당신 사랑하는 마음도
화분에 심어야겠습니다

애지중지 쓰다듬고
사랑을 주다 보면
그 마음 따라 자라겠지요

행복이 자라고
웃음꽃이 피겠지요.

빗

거울 속
삐죽빼죽
헝클어진 머리

빗으로 빗습니다
가지런한 머리가
보기 좋습니다

뒤숭숭한 마음은
빗으로 정리가 안 됩니다

하지만 당신의
자상한 말에
정리가 되고
웃음꽃이 핍니다

행복한
마법에 걸립니다.

지구

지구는
태양을 사랑하나 봅니다
매일 태양 주위를 맴도니까요

나는
당신을 사랑하나 봅니다
매일 당신이 보고 싶으니까요

오늘도
당신을 보니
미소가 저절로 나옵니다
행복이 샘솟습니다

이 행복 마르지 않게
쉬지 않고 사랑해야겠습니다.

내비게이션

길을 찾을 때
내비게이션을 따라갑니다

내비게이션만 있으면
길 잃을 걱정이 없습니다

내 인생도
어디로 가면 되는지
어떻게 살아야 하는지
알려 주는 내비게이션이 있었으면 좋겠습니다

나에겐
같은 곳을 향해
아름다운 동행을 하는
당신이 내비게이션이어서
길 잃을 걱정은 없습니다

하지만 이제
내비게이션을 내려놓고
당신과 같은 마음으로
평생 함께 걸어가고 싶습니다.

노을

저녁노을이
하늘을 물들입니다

단풍이 든 것처럼
하늘이 아름답습니다

아름다운 노을을 보는데
당신 얼굴이 생각납니다

당신은 노을입니다
그리움을
사랑으로 타오르게 만드는.

대문

옛날 제주에는
대문이 없었습니다

정낭으로 자신의
위치를 알리고
서로 믿고 의지하며
살았습니다

요즘 제주도 대문은
늘 잠겨져 있습니다

하지만 내 안에는
당신 생각이 쉽게 오갈 수 있도록
늘 활짝 열어 둡니다

정성을 다해
사랑으로 소통합니다
정낭조차 없이
행복이 오고갑니다.

* 정낭 : 제주도 전통가옥에서 대문 역할을 하는 것

수박

무더운 날
수박을 먹고 있습니다
시원하고 달콤한 맛이
잠시 더위를 잊게 합니다

때로는 상큼한 화채로
또 때로는 시원한 주스로
무더위를 지워 주는 수박

이 수박을
당신과 함께 먹고 있으니
일석이조입니다

더위는 사라지고
행복이 찾아오고.

제4부

내 안의 또 다른 내가

까치

까치가 울면
반가운 손님이
찾아온다지요

그래서일까요?
기분이 좋습니다

꽃단장 하고
나도 모르게
콧노래를 흥얼거립니다

저절로 대문이 열리고
당신 오길 기다리는 나를 봅니다

당신 발자국 소리가 나면
한걸음에 달려가
안기고 싶습니다.

다이어트

다이어트를 시작할 때
오늘은
먹고 싶은 거 실컷 먹고
항상, 내일부터
한다고 결심합니다

하지만
당신 사랑은
다이어트가 필요 없습니다

처음부터 지금까지
쭉 사랑해 오고 있으니까요.

안경

안경 끼고
책을 읽는 게
불편해졌습니다

돋보기를 끼고 보니
편합니다

내 눈으로
볼 수 있을 때
사랑하는 당신 얼굴
눈, 코, 입, 귀
자세히 보아 두어야겠습니다

언제든지 잊지 않고
떠올릴 수 있게요.

갱년기

모두가
평화로운 오후

갑자기
가슴이 덜컹!
열이 화르륵!
기분이 오르락내리락!

내 안의 또 다른 내가
나타났다
같은 듯 다른 나

괜찮아요
당신과 함께 갱년기를
즐길 준비가 되었으니까요.

김밥

소풍 가는 날
새벽에 엄마는
각종 야채를
밥 위에 가지런히 놓고
돌돌 말아
김밥을 싸주셨습니다

그날은 언제나
즐겁고 신났습니다

오늘
당신과 함께
도시락 싸고 소풍 갑니다

어린아이처럼
웃음이 떠나지 않습니다

매일 소풍 가는 것처럼
재미있게 살고 싶습니다.

충전기

자동차는
주유소에서
기름을 넣어야 움직입니다

휴대폰은 충전해야
통화할 수 있습니다

마음이 힘들고
위로가 필요할 때
당신을 찾아갑니다

당신은 내 마음을
행복으로 채워 주는
충전기니까요.

콩나물

콩을 항아리에 넣고
검은 천을 덮어
물을 주면서 콩나물을 키웁니다

물만 주는 데도
쑥쑥 잘 자랍니다

우리 사랑도
콩나물 자라듯
쑥쑥 자라면 좋겠습니다

관심 가지고
사랑 주면
당연히
잘 크겠죠!

기차

기차 여행할 때
오징어, 계란을 사 먹는
재미가 있습니다

멋진 풍경 보면서
간식을 먹으니 꿀맛입니다

당신 어깨에 기댑니다
스르르 눈이 감깁니다

날씨 좋고
분위기 좋고
금상첨화입니다

이 또한
당신이 있어서 가능합니다.

참새

참새가
방앗간을 그냥
못 지나친다지요

내가
당신을 내 안에 담아두고
수시로 꺼내 보는 것처럼.

화환

축하할 일이 있을 때
여러 가지 꽃을 꽂은
화환을 보냅니다

화환은
행사 분위기를 살려 주고
축하 메시지도 전해 줍니다

특별한 날도 아닌데
당신 사랑으로 만든
화환을 받고 있습니다

화환이 쌓여
산이 될 수 있지만
하나하나
소중한 사랑입니다

시들지 않도록
가슴에 옮겼습니다.

운전

취직을 하고
자동차를 샀습니다

뒷유리창에
'지금은 초보'
'건들면 람보'라 써서 붙이고
거리를 달립니다

온 신경이 긴장되어
어떻게 집에 도착했는지
기억이 안 납니다

당신이 옆에 있어
용기 내어 운전할 수 있었습니다

당신 태우고 여유롭게
드라이브하고 싶습니다

마음은 벌써
베스트 드라이버가 된 듯
쌩쌩 질주합니다.

디저트

쇼케이스 속
화과자, 양갱
카스테라, 떡케이크

보기만 해도
군침이 돕니다

접시에 담아내니
보는 눈이 즐겁습니다

커피와 함께
당신 한 입!
나 한 입!

달콤한 사랑이
마음에 먼저 담깁니다.

약국

몸이 아프면
병원을 찾아갑니다

약은 약국에서
받아 옵니다

마음이 심란하면
당신을 찾아갑니다

보기만 했는데
어느새
싹
멀쩡해집니다

역시 당신은 나에게
병원이고
약국입니다.

탑

소원을 담은
작은 돌멩이들이
차곡차곡 쌓여
탑이 되었습니다

탑 위에 조심스레
돌멩이 하나 올려놓고
손을 모았습니다

탑을 쌓듯
내 일상에
당신 생각 올려놓았습니다

이제
더 깊이 사랑합니다.

사랑이다

내 마음속
깊이 새겨진
당신 발자국.

고백

나는
알아듣고

당신은
못 알아듣는

외계어!

추석

명절날
가족들이 모여앉아
음식을 준비합니다

오랜만에 만나
시끌벅적
보기 좋습니다

하늘에는
보름달이 떴고
내 가슴에는,
보고 싶은
당신 얼굴이 떴습니다

밤하늘에 보름달은
유난히 밝고
내 안의
그대 모습은
유난히 빛이 납니다
보고 싶습니다.

사과

불그레한 볼
한 입 깨무니

하얀 속살
드러내며
상큼한
미소 건네는 너

너무 달콤한 사랑을 해서
사과하고 싶은
바로 너!

미소

사진 찍을 때
미소를 지으려 애씁니다
하지만 늘
어딘가 모르게 어색합니다

방긋방긋
아기 미소는 천진난만합니다
보고만 있어도
저절로 미소가 번집니다

내 마음속 당신도
활짝 웃고 있습니다
힘내!
사랑해!
나를 행복으로 채워 줍니다.

제삿날

오늘 당신을 위해
따뜻한 밥을 짓고
좋아하는 반찬을 만들었습니다

일 년에 한 번
아직도 이런 만남이
낯설고 힘들지만

이렇게라도 만나고 나면
또 일 년을
잘 버틸 수 있습니다

맛있게 잘 드시고
보고 싶은 얼굴
실컷 보세요

참!
내 걱정 하지 말고
가세요.

태풍

기상청에서
강한 태풍이 온다고
철저한 대비를 당부하는
안내방송이 나옵니다

미리 알고 대비하면
큰 피해 없이 잘 지나갑니다

인생도, 미리
예보가 되면 좋겠습니다
마음의 준비를 할 수 있으니까요

참, 그러면
재미없겠죠!

내일 나에게
생각지도 못한 일들이
일어날 수 있다는
상상으로 살아가는 게
인생이니까요.

단풍

초록잎이
빨갛게 물들었습니다

가을도
당신과 나처럼
사랑에 푹 빠졌나 봅니다.

고무줄

사랑은
고무줄놀이 같아서
밀고 당기기를
잘해야 한다고 하지만

당기다가
끊어질까 봐
조심
조심
좋아만 하고 있습니다.

사랑이란

당신처럼
뭘 해도
그냥
다 예뻐 보이는 것
그게 사랑입니다.

피아노

피아노는
하얀 건반 검은 건반이
함께 아름다운 멜로디를
만들어 냅니다

당신과 내가
함께 아름다운 사랑을
만들어 가는 것처럼

사랑을 연주합니다
행복이 몰려옵니다.

제5부

그대 그리움을 연주하며

메아리

"사랑해!"
외치니

"나도!"
답한다

오직 나만을 향한
당신의 고백
메아리로 듣는다.

세탁소

입은 옷을
세탁소에 맡기듯
사랑하는 마음도
식상해질 때
세탁소가 있었으면 좋겠습니다

뽀송뽀송한 마음으로
당신 앞에 서서
하나부터 열까지
다 예뻐 보일 수 있는
그런 사랑을 할 수 있게 말입니다.

은행

은행에 돈을 저축하면
이자가 붙습니다

당신 사랑하는 마음도
차곡차곡
저축해야겠습니다

그 이자
눈덩이처럼 늘어나
죽을 때까지
사용해도 남게.

낙엽

보고 싶은
당신 생각에
내 안이
타들어 갑니다

바스락
바스락

내 안에서
사랑이
곱게 익어 갑니다.

잔디

잔디는
듬성듬성 심어도
스스로 뻗어
촘촘히 자랍니다

내 마음에도
잔디처럼
사랑을 심어야겠습니다

당신에게로
쭉쭉 뻗어나가
모두가 부러워할
그런 사랑을 할 수 있게요.

간식

나른한 오후
허전함을 채워 주고

짝사랑을
만난 것처럼
행복을 담아 주는

당신 외에
또 하나의 애인
내 달콤한 당신!

부메랑

당신이 가는 곳은
어디든 함께 가고

당신이 돌아올 때는
늘 같이 돌아오고 싶습니다

일상 속에서
사랑이 담긴
내 일상 속에서.

첫사랑

내 마음에
문신으로 새겨진

당신
사랑하는
마음.

망원경

망원경으로
멀리 있는 것을
자세히 볼 수 있습니다

그래서 내 안에
당신을 보기 위한
망원경을 준비했습니다

멀리 떨어져 있어도
날 사랑하는 마음
언제든지
확인할 수 있게.

지휘자

지휘자는
무대 위에서
아름다운 선율을
만들어 냅니다

당신은
사랑으로
내 마음을
행복하게 만듭니다

지휘자는 무대가 있어야
빛이 나지만
당신 사랑은
당신을 좋아하는 나만 있어도
빛이 납니다.

태극기

올림픽 경기장에
애국가가 울려 퍼지고
태극기가 올라갑니다

열정을 쏟은 선수들에게
이 순간
가슴 뭉클합니다
감격
또 감격!

가슴에 손을 얹은 모습
비장합니다

태극기 물결이
경기장에 출렁입니다

나라 사랑하는 마음
쓰나미가 되어 밀려듭니다
내 가슴에 감동이 가득 담깁니다.

풀꽃

향기는 없지만
색이 예쁘고
이름은 모르지만
앙증맞게 핀 꽃!

풀꽃이라 해도
좋습니다

당신이 옆에서
향기가 되어 주고
이름을 불러 주어
행복한 나처럼

풀꽃에게도
내가
사랑을 주면 되니까요.

시계

시간이 궁금하면
시계를 봅니다

마음이 심란하면
당신을 바라봅니다

시계 차듯
당신을 가슴에 담고 있습니다

매시간
언제든지
수시로 볼 수 있어
행복합니다.

장작

자신을 태우며
따뜻함을 나누어 주는
저 장작처럼

열정으로 타오르는
당신과 함께
뜨거운 사랑을 하고 싶습니다

나에게
세상에서 가장 소중한
당신과 말입니다.

들국화

들국화가
가을 향기를 품고
피었습니다

당신이
내 생각을
그리움으로 피운 것처럼

가을이 오면
언제나
당신이 먼저 피웁니다
들국화가 따라 핍니다.

하늘

바다를 품은 것처럼
가을이 하늘을 품었습니다

품은 하늘에
사랑이 쉬지 않고 흐릅니다

그 하늘
내 안에 있습니다
그대 그리움으로 있습니다.

합창

소프라노, 메조, 알토
여러 파트가 화음을 맞춰
노래를 부릅니다

여러 화음이 어우러져
풍성하고 아름다운 소리를 내며
행복을 연주합니다

당신은 베이스
나는 소프라노
서로 화음을 맞출 때
우리 사랑은 완성됩니다

그 사랑을 위해
아름다운 사랑을 연주합니다.

난로

마음까지 추울 때
곁에 있고 싶고

곁에 있으면
긴장을 내려놓고
스르르 잠들게 하는
당신!

나를
무장 해제시키고
내 안으로
훅 들어오는 당신!

그런 당신이 좋습니다
마음까지 따뜻해서
더 좋습니다.

별

자신을 태워
밝은 빛을 내는
별!

그 별이
더욱 도드라져 보이는
이유는?

마음을 불태우며
날 사랑하는
당신 같아서겠지요.

핫팩

당신의
꽁꽁 언 손을 녹이는
주머니 속 핫팩처럼

당신의
얼어붙은 마음을
사랑과 따스함으로
녹일 수 있도록

그대 가슴에
딱 달라붙어 있고 싶습니다.

화룡점정(畵龍點睛)

용 그림에
눈동자를 찍는 것을
화룡점정이라 한다지요?

일상에서 가장 중요한
'행복 만들기!'
당신이 있어서 가능했던
지난해처럼
올해도 함께했으면 좋겠습니다

구름 위로 승천하는 용처럼
당신과 나,
그리고 가족까지
모든 일이 잘 풀리는
행복한 한 해를 기원합니다.

웃자

용 하면
떠오르는 것은?

"용용 죽겠지!"
날 웃게 하는 당신!

있잖아요
올 한 해도
소원 들어주는 용도 좋고
용용 죽겠지도 좋으니
날 많이 웃게 해 줄 거죠?

발문

정영심_ 시인. 제주감성시인학교 대표

홍유경 시인의 시를 읽어 보면, 맑고 깨끗하고 담백한
느낌이 듭니다.

어쩜, 시인의 삶이 그런지도 모른다는 생각을 살짝 해
봅니다.

시인은 일상을 메모해서 시를 썼는데, 아이디어가 참신
합니다. 예를 들어 〈마스크〉란 시를 보면 그렇습니다. 은
유법을 사용해 독자들을 끌어들이기에 충분합니다.

마스크

마스크 없이
밖으로 나갈 수 없었던 날들

말하기도
숨쉬기도

얼굴을 알아보기도
어렵게 만들던 마스크

오늘은
형형색색 마스크들이
거리를 누빈다

그래도 다행인 게
그대와 나
그리움에는
마스크가 필요 없다.

　홍 시인은 언어로 그림을 그리는 화가입니다. 이미지가
그려져서 시를 읽는 내내 행복했습니다.

　시인의 〈엄마〉란 시를 보면 엄마의 따뜻한 사랑을 엿
볼 수 있고, 그 사랑을 받으며 자란 시인 역시 따뜻한
사랑을 자식에게 주고 있는 게 느껴져 읽는 내내 행복했
습니다.

　시인에게는 남다른 시력과 어휘력이 있습니다. 알맞은
시력과 어휘력을 조합하면서 읽는 이로 하여금 달콤하
고 행복한 기분을 오래 간직하게 해 줍니다.
　홍 시인은 시를 쓰면서 엄마의 또 다른 세월을 읽어내
고 나와 비교하면서 엄마에게 감사하는 마음을 그려내

고 있습니다.

시인은 자기 내면을 표현할 수 있을 때 진정한 시인으로 거듭난다고 생각합니다. 홍유경 시인은 그런 점에서 아주 훌륭합니다.

대화든 시든 솔직하게 독자들 속으로 숨어들어야 감동을 줄 수 있습니다. 그런 점에서 시인은 일상에서 느끼는 감정을 메모했다가 편안하고 달콤한 일상을 전해 주기 때문에 더 친근감이 있지 않나 생각이 듭니다.
어떤 시든 구체적으로 쓰고, 깊게 써야 울림이 있습니다. 감성시 또한 마찬가지입니다.

시에는 그 사람이 인품이나 심성이 그대로 드러나기 마련입니다. 저도 시를 쓰지만, 시인에게는 저마다 색채가 묻어 있습니다.
홍유경 시인의 시를 보면 사물을 부드럽게 바라보는 서정성에 근접합니다. 삶과 사랑의 아픈 기억도 한 편의 아름다운 시어로 만들며, 매사에 긍정적인 감사로 삶을 대하는 시인의 모습은 아름다운 시 속에 잘 녹아 있습니다.
긍정을 좇아 앞으로 나아가고 싶다는 시인의 소망처럼, 앞으로 시인으로 사는 삶도 행복하고 활짝 웃는 수국처럼 피어나길 소망합니다.

시인에게 당부드리고 싶은 것은, "시는 꽃입니다." 독자들 기억 속에 절대로 지워지지 않는 '꽃'으로 탄생할 것을 당부드립니다.

행복한 시 잘 읽었습니다.

덕분에 많은 힐링이 됐습니다.

고맙습니다.

당신도
참 행복했으면
좋겠습니다